À mes amies, à mes amours
Pour toi, Zoé

M.D.

DANS MA MUSETTE

Couvent Sainte-Cécile, 37 rue Servan, 38000 Grenoble Cedex, France.
Loi n°49-956 du 16 juillet 1949 sur les publications destinées à la jeunesse,
modifiée par la loi n°2011-525 du 17 mai 2011.

Dépôt légal : août 2024
ISBN : 978-2-344-05709-4 / 001
Achevé d'imprimer en Roumanie en août 2024 par Rotolito Romania S.A.,
sur papier provenant de forêts gérées de manière durable.

PEFC
PEFC/46-31-13
Certifié PEFC
Ce produit est issu de forêts gérées durablement et de sources contrôlées
www.pefc.ro

Mathilde Domecq

DANS MA MUSETTE

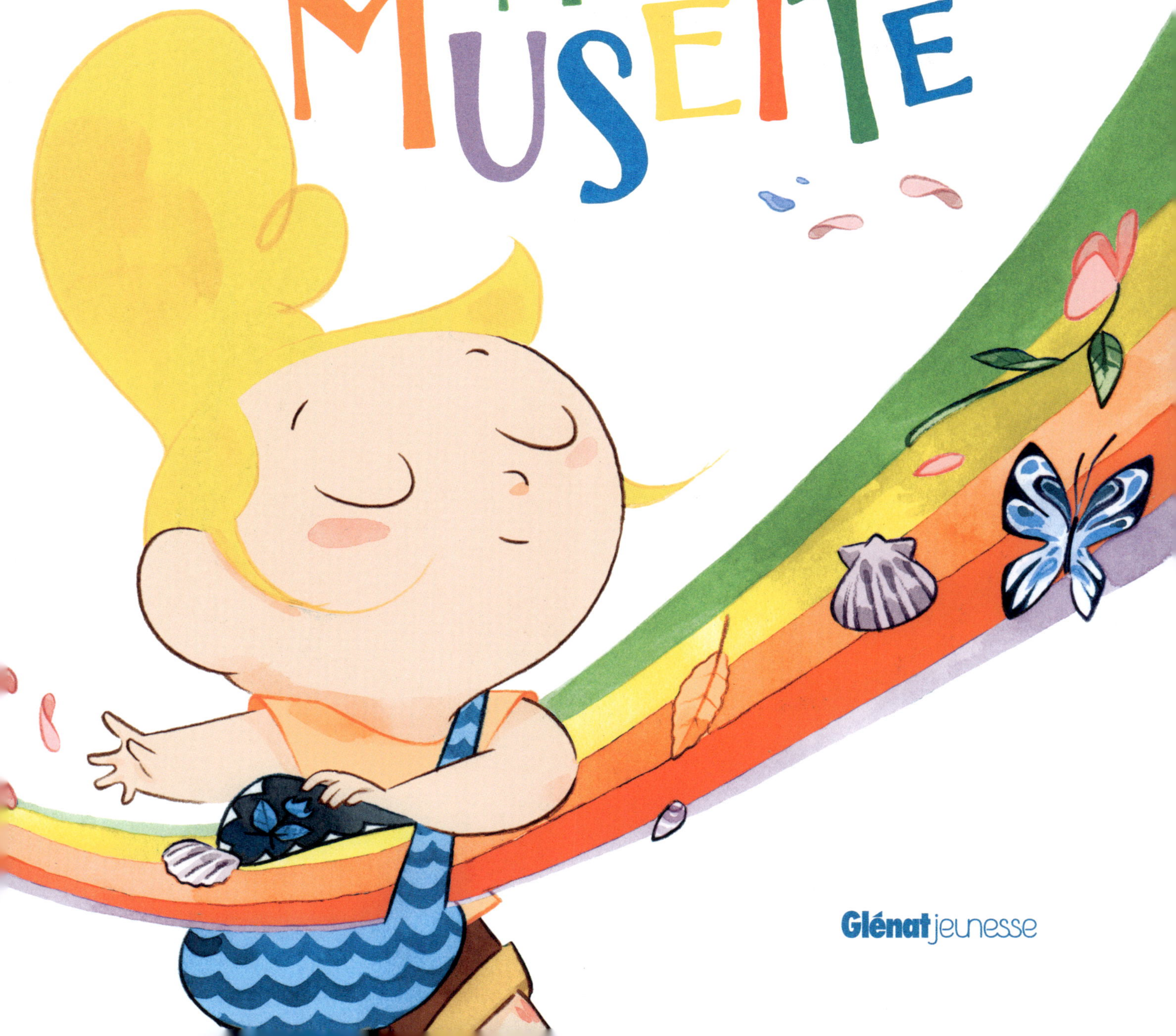

Glénat jeunesse

C'est le printemps, on s'installe dans notre nouvelle maison.
Elle est drôlement belle !

Il y a un jardin coloré, et une autre maison juste à côté.

Dans cette maison voisine qui me plaît déjà beaucoup,
il y a des tulipes, de la menthe, et surtout, il y a toi.

Je te dis : « Bonjour ».
Tu me dis : « Tu veux être ma copine ? »

J'accepte, évidemment.
Comment faire autrement ?

On ne se quitte plus.

Le matin, on cueille des fleurs des prés.
Avant le déjeuner, on tresse des couronnes irisées.

Ce que j'aime, tu l'aimes aussi.
Ce que tu me fais découvrir, je l'aime aussitôt.

L'été passe dans la cascade
de nos rires au rythme du chant
des animaux.

Le soir, épuisées d'avoir tant exploré,
on s'assoupit sous le peuplier de ton jardin
ou sous le figuier du mien.

Jusqu'à ce que nos parents viennent nous chercher,
il est déjà temps de rentrer !

Et puis un jour, tes parents ont rempli de vos affaires des cartons.
Plein de cartons. Presque aussi nombreux que nos moments heureux.

Vous avez changé de maison.
D'un coup, tu n'es plus là.

Sans toi, je n'aime plus ma maison,
ni mon jardin, ni notre figuier.
Et encore moins la maison d'à côté.

Les journées et les champs sont vides.
L'automne t'a remplacée.

Un soir d'hiver où je boude au coin du feu,
Maman s'approche et me tend un cadeau.
C'est une musette qu'elle a elle-même confectionnée, pour moi.

Elle est jolie. Elle est unique.
Elle m'a fait penser à toi. Je l'ai tout de suite adorée.

Dans ma musette,
je collectionne des petits bouts
de tout ce qui me plaît.
Coquilles d'escargots,
feuilles de houx et cailloux nacrés
ne tardent pas à s'y accumuler.

La saison avance, ma musette se remplit de mues de libellules
et de genêts en fleurs, ma tête de chansonnettes.

Le printemps revient, je me sens bien.

Un matin, le facteur me confie un petit paquet.
Il déborde de trésors que tu as collectés pour me les partager.

Un criquet se met à chanter, et mon cœur à vibrer.
Je vais à mon tour t'envoyer une petite boîte pleine d'amour.

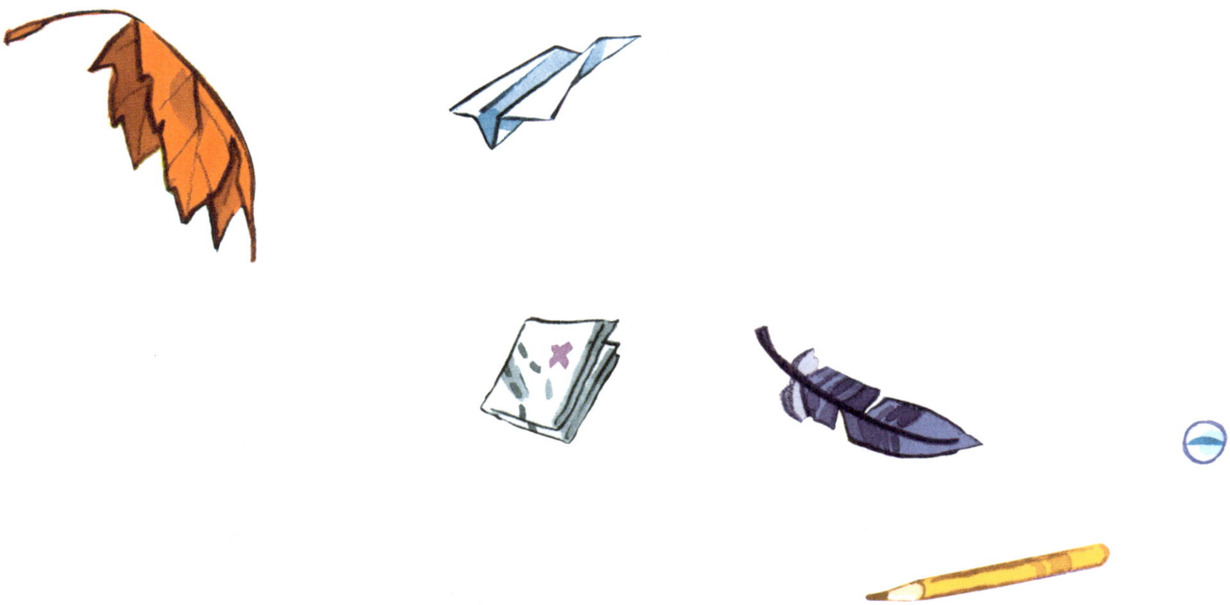